ふたつ
ならんだ
かがみの
まえで、
ワイシャツ《わいしゃつ》を
二《に》まい
きて、
ネクタイ《ねくたい》も
二本《にほん》なら、

ズボン《ずぼん》も　二本《にほん》、

うわぎも　二《に》ちゃく。

おまけに、
くつさえ　二《に》そく
はきました。
どうして　そんな
ことが　できるのか、
また、どう　やって
うまく
あるけるのか、
みんな　ふしぎで

たまりませんでした。
でも、
それだけでは
ありません。
ぼうしも　ひとつ
かぶった　上《うえ》に、
もう　ひとつ
のせて、ふたつ
かぶりました。

「〝なんでも　ふたつ〟さんは、ほんとに
おかしな　人《ひと》だ。」
と、みんなが　いいました。
けれども、それどころか！
〝なんでも　ふたつ〟さんは、しごとさえ
ふたつ　もって　いました。
ひるま　ひとつの
しごとを　して――

よるは　また、もう　ひとつの　べつの
しごとを　しました。
なんでも　ふたつで　ないと、きが
すまなかったからです。
でも、まだ　それだけでは　ありません。

〝なんでも　ふたつ〟さんは、いえも　ふたつ
もって　いました。
そっくり　おなじ　いえが　二《に》けん　ならんで
いるのを、まちの　人《ひと》たちは、みな
おもしろがって　ながめました。
二《に》けん　ならんだ　いえの　まえには、おなじ
たかさの　木《き》が　二本《にほん》ずつ　たって　いて、
うえこみも　ふたつずつ　ありました。
おまけに、どっちの　いえの　まえにも、みちに

そって、かきねが　ふたつずつ　つくって　あって、
その　そばにも、木《き》が　二本《にほん》ずつと、うえこみが
ふたつずつ　ありました。
それから、しばふに　人《ひと》が　はいらないように、
どっちの　いえの　まえにも、いぬが　二《に》ひきずつ
ひかえて　いました。
いえの　うしろには、ガレージ《がれーじ》が　ふたつずつ
あって、その　どっちにも、くるまが　二《に》だいずつ
はいって　いました。

〝なんでも
ふたつ〟さんは、かずを
かぞえるのも、いつも
ふたつずつでした。
さいふも　ふたつ
もって　いて、どっちの
さいふにも——
おさつが　二《に》まいと、
ぎんかが　二《に》まい、

どうかが　二《に》まいと、
アルミ《あるみ》かが　二《に》まい　はいって　いました。

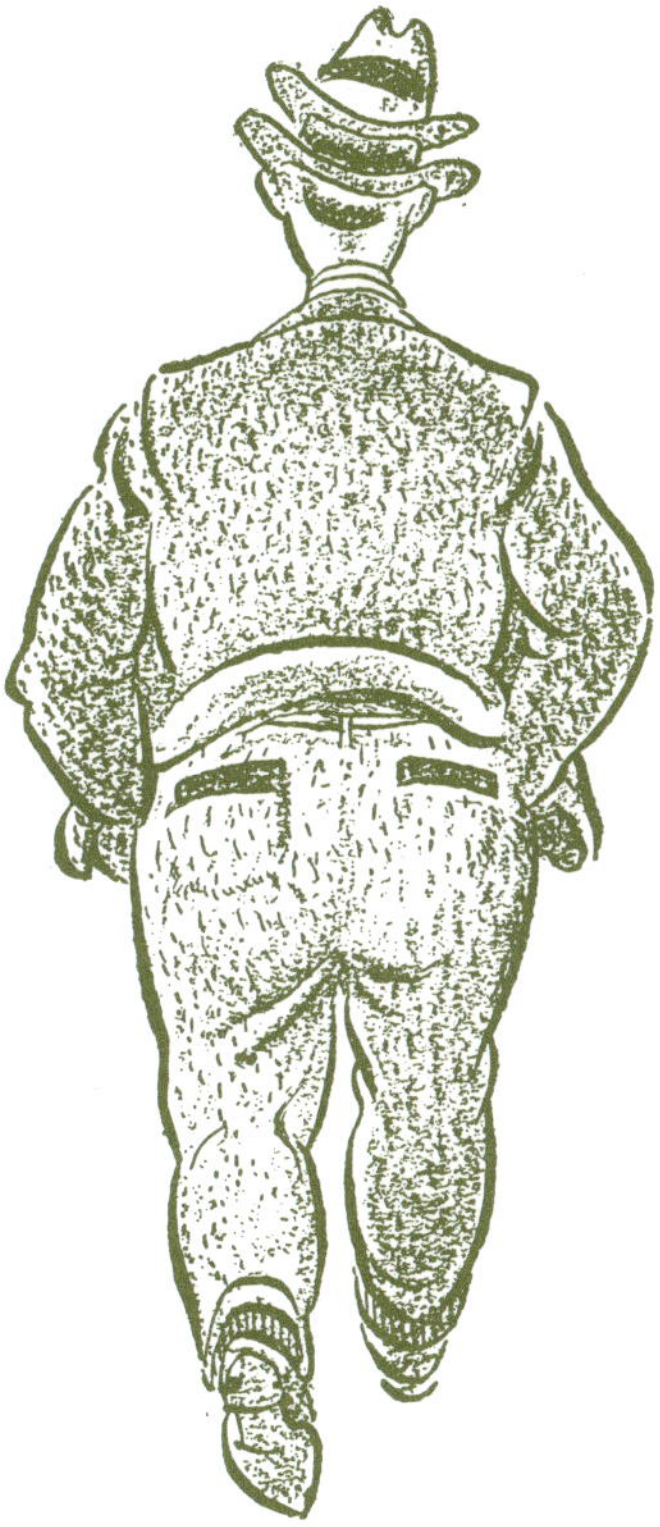

かんじょうばかりで　なく、たべる　ものも、
いつも　ふたりぶんでした。
あさごはんも　二人《ににん》まえなら、ひるごはんも
二人《ににん》まえ、ばんごはんも　二人《ににん》まえでした。
それで、とうぜん、〝なんでも　ふたつ〟さんは、
よく　ふとって　いました。
いちどに、ふたりぶんの　ごはんを　たべるのに
つごうが　いいように、もし　くちが　ふたつ
あっても、こまりは　しなかったでしょう。

その　〃なんでも　ふたつ〃さんにも、
ふたつだけ、とても　ざんねんな　ことが
ありました。

その　ひとつは、おくさんが　ひとりしか
いない　ことで、もう　ひとつは、子《こ》どもも
ひとりしか　いない　ことでした。

おくさんが　ひとりと　いうのには、もう
なれて　いましたが、子《こ》どもも　ひとりと
いうのは、あきらめきれませんでした。

むすこの　ピーター《ぴーたー》は　十二《じゅうに》さいでしたが、
ふたごで　なかったのを、おとうさんが
ざんねんがるのを、いつも　きかされて
いました。

むすこを　ふたり　もてなかった　ざんねんさを　まぎらす　ために、〝なんでも　ふたつ〟さんは、ピーター《ぴーたー》に　なんでも　ふたつずつ　かって　やる　ことに　して　いました。

　でも、ピーターは、パパ《ぱぱ》が　じぶんにも、なんでも　ふたつずつ　きせようと　するのを　きらって、だんぜん　はねつけました。

　ともだちが、パパを　みて　わらうだけで　たくさんなのに、じぶんまで　わらわれるなんて！

ピーター《ぴーたー》は、 なんでも ふたつずつ もちたがる
パパ《ぱぱ》の くせを、 なんとか して やめさせる
くふうは ない ものかと、 いつも かんがえて

いました。
ところが　ある　日《ひ》、ひとりの　おとこの子《こ》が、
すぐ　きんじょへ　ひっこして　きました。
その　子《こ》は、ピーターと　おないどしで、
ピーターと　おなじ　クラス《くらす》に　はいりました。
それに、なんとも　ふしぎな　ことに、
かおかたちも　そっくりなら、からだつきまで
ピーターに　そっくりでした。
そればかりか、もっと　ふしぎな　ことに、

なまえまで　おなじで、
やはり、ピーター《ぴーたー》と
いいました。
ふたりの　ピーターに
ついて　ちがう　ことと
いえば、その　子《こ》には
おとうさんが　いなくて、
おかあさん　ひとりの　手《て》で
そだてられて　いる

ことだけでした。
ある　日《ひ》、ピーターは
もう　ひとりの　ピーターに、
じぶんの　おとうさんの
ことを　はなしました。
そして、なんでも
ふたつずつ　もちたがる
くせを　やめさせるのを、
手《て》つだって　くれるように

たのみました。
「いいとも。」
と、もう
ひとりの
ピーター《ぴーたー》は
いいました。
そこで
ピーターは、
じぶんの　もう

一《いっ》ちゃくの
おなじ　ふくを、
その　子《こ》に
きせました。
そして、
おひるの
じかんに　なると、　ふたり　そろって、　うちへ
かえって　いきました。
うちでは　おかあさんが、　なにから　なにまで

そっくりな　ふたりの　おとこの子《こ》を　みて、
あっけに　とられて　しまいました。
「いったい、いつから、うちの　パパ《ぱぱ》には、もう
ひとり　むすこが　あったのかしら？」
と、おかあさんは　いいました。
「それに　しても、これは　どう　いう
じょうだんなの？」
ふたりは、どっちも　へんじを　しませんでした。
「ねえ、どっちが　ピーター《ぴーたー》なの？」

と、おかあさんは
ききました。
「ぼくが　ピーターだよ。」
と、ふたりは　いっしょに
こたえました。
おかあさんは、あたまが
くらくらして　きて、
たおれそうに
なりました。

その　ばん、ねる　じかんに　なると、ふたりの
ピーター《ぴーたー》は、おなじ　ねまきに　きかえて、ふたつ

ならんだ、そっくり　おなじ　ベッド《べっど》で　ねました。
おなじように、ぐうぐう　いびきを
かきながら――。

ピーター《ぴーたー》の　おかあさんは、かんがえに
かんがえました。
なんでも　ふたつとは　いいながら、むすこまで
ふたりに　なるとは！
とても、ねるどころでは　ありません。
おそくまで　おきて、〝なんでも　ふたつ〟さんの
かえりを　まって　いました。

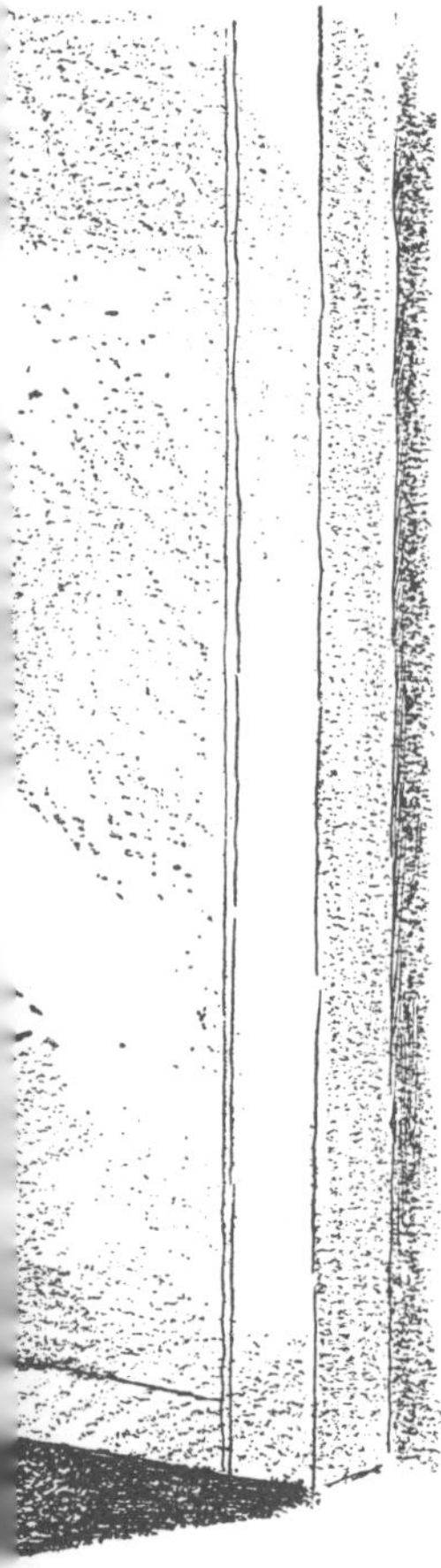

やっと、げんかんの　ドア《どあ》が　あいて、
〃なんでも　ふたつ〃さんが　かえって　くると、
ピーター《ぴーたー》の　おかあさんは　とんで　いって、
いっさいの　ことを　はなしました。
「へえ、そうかね。」
〃なんでも　ふたつ〃さんにも、わけが
わかりませんでした。でも、なんとなく
うれしいような　きが　して　きました。むすこが
ふたり　できた　ことに　なるんですもの。

〃なんでも　ふたつ〃さんは、ふたりを　みに、
子《こ》どもの　しんしつへ　はいって　いきました。
そして、とっくり　みくらべましたが、やはり
どっちが　どっちか、

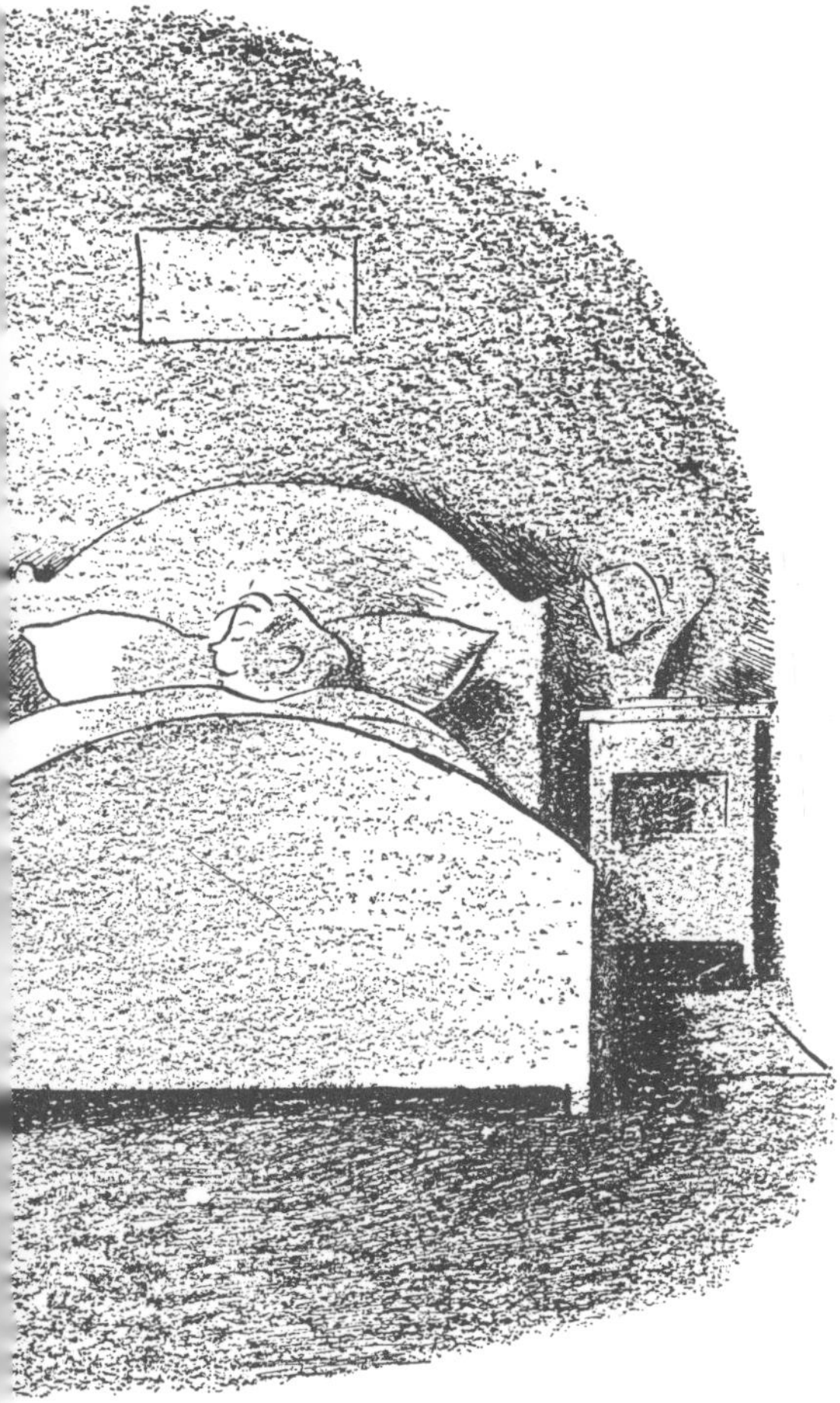

ぜんぜん、わかりませんでした。ふたりが
あんまり　よく　にて　いたもので――。

〝なんでも　ふたつ〟さんの　おくさんは、いらいらして　ききました。そして、こういいました。

「あなたなら、どっちが　うちの　ピーター《ぴーたー》で、どっちが　よその　ピーターか、わかっているはずよ。よその　ピーターなんか、さっさとつまみだして　しまって　ちょうだい！」

「でも、わしにも　くべつが　つかないんだよ。」

と、〝なんでも　ふたつ〟さんは　いいました。

「それなら　わたしが、どっちが　どっちか
あてて　みせるわ！」
そう　いって、おくさんも　いっしょに、ふたり

ならんで、すやすや　ねて　いる　おとこの子《こ》の
かおを　みくらべましたが、やはり、くべつは
つきませんでした。

つぎの　日《ひ》、もう　ひとりの　ピーター《ぴーたー》の
おかあさんは、まえの　ばん、むすこが
かえらなかったので、しんぱいして、まちじゅうを
さがしまわりました。
けれども、どこにも　みつかりませんでした。
さいごに——おなじ　いえが　二《に》けん　ならんで
いる、〝なんでも　ふたつ〟さんの　ところへ
くると、ふたりの　よく　にた　おとこの子《こ》が、
四《よん》ひきの　いぬと、しばふで　あそんで　いるのが

みえました。

「ピーター！」

と、おかあさんは　よびました。

すると、りょうほうの　おとこの子《こ》が、そろって
「はい！」

と、こたえました。

ふたりの　うち、どっちかが、じぶんの
むすこで　ある　ことは　わかって　います。

けれども、どっちが　どっちなのか、ぜんぜん

わかりませんでした。

そこで、もう　ひとりの　ピーター《ぴーたー》の　おかあさんは、いえの　中《なか》へ　はいって　いって、〝なんでも　ふたつ〟さんの　おくさんに、

「うちの　子《こ》を　かえして　ください。」

と、いいました。

「ええ、よろこんで　おかえししますとも。でも、どっちが　どっちなのやら。」

と、〝なんでも　ふたつ〟さんの　おくさんは

いいました。
まちがって　かえして
しまったら、
たいへんですもの、ね。
もう　ひとりの
ピーターの
おかあさんも、やはり
まちがって　つれて
かえっては、

たいへんと　おもって、すぐに　つれて　かえる
わけには　いきませんでした。
　ふたりは、むかいあって　いすに　かけたまま、
ためいきを　つきながら、ときどき、かおを
みあわせるばかりでした。
　それでも、どう　したら　いいか、なんにも
かんがえは　うかびませんでした。
　その　ばん　おそく、〝なんでも　ふたつ〟さんが
かえって　きて、

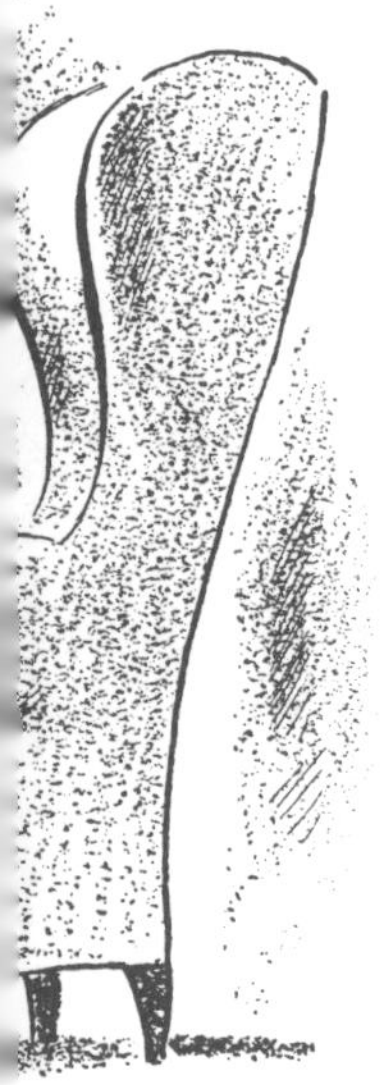

ふたりの
はなしを
きくと、
にこにこ
しながら、
いいました。
「これで
ばんじ、
オーケー《おーけー》だよ。」

「なにが　オーケー《おーけー》なのよ！」
と、〝なんでも　ふたつ〟さんの
おくさんは　いいました。
「わしは　いつも、
おとこの子《こ》を　ふたり　ほしいと　ねがって
いたんだ。それが　かなったんだからね。」
と、〝なんでも　ふたつ〟さんは　いいました。
「かないも　ふたり　ほしいと　おもって　いたが、
それは　できない　そうだんだった。だが、」

と、もう　ひとりの　ピーター《ぴーたー》の　おかあさんの
ほうを　むいて、いいました。
「もし　よろしかったら、ここへ　きて、
わたしたちと　いっしょに　くらして
いただけませんか？　となりの　もう　一《いっ》けんの

いえに　すんで、わたしが
ひるとよるの　ふたつの
しごとを　して　いる　あいだ、
かないの　はなしあいてに

なって　やって　もらえないでしょうか？」
ふたりの　ピーター《ぴーたー》の　おかあさんは、はじめは
どっちも、この　はなしを　ばかげて　いると
おもいました。けれども、いろいろ　はなしあって
いる　うちに、それが　いちばん　いいと　いう
ことに　きまりました。
〝なんでも　ふたつ〟さんは、やれやれと
おもって、その　あと、ふたつ
ならんだ　じぶんの

ベッド《べっど》に、　のびのびと
よこに　なりました。
つぎの　あさ、
さっそく、　もう
ひとりの　ピーターの
おかあさんは、
となりの　もう
一《いっ》けんの　いえに
ひっこして　きました。

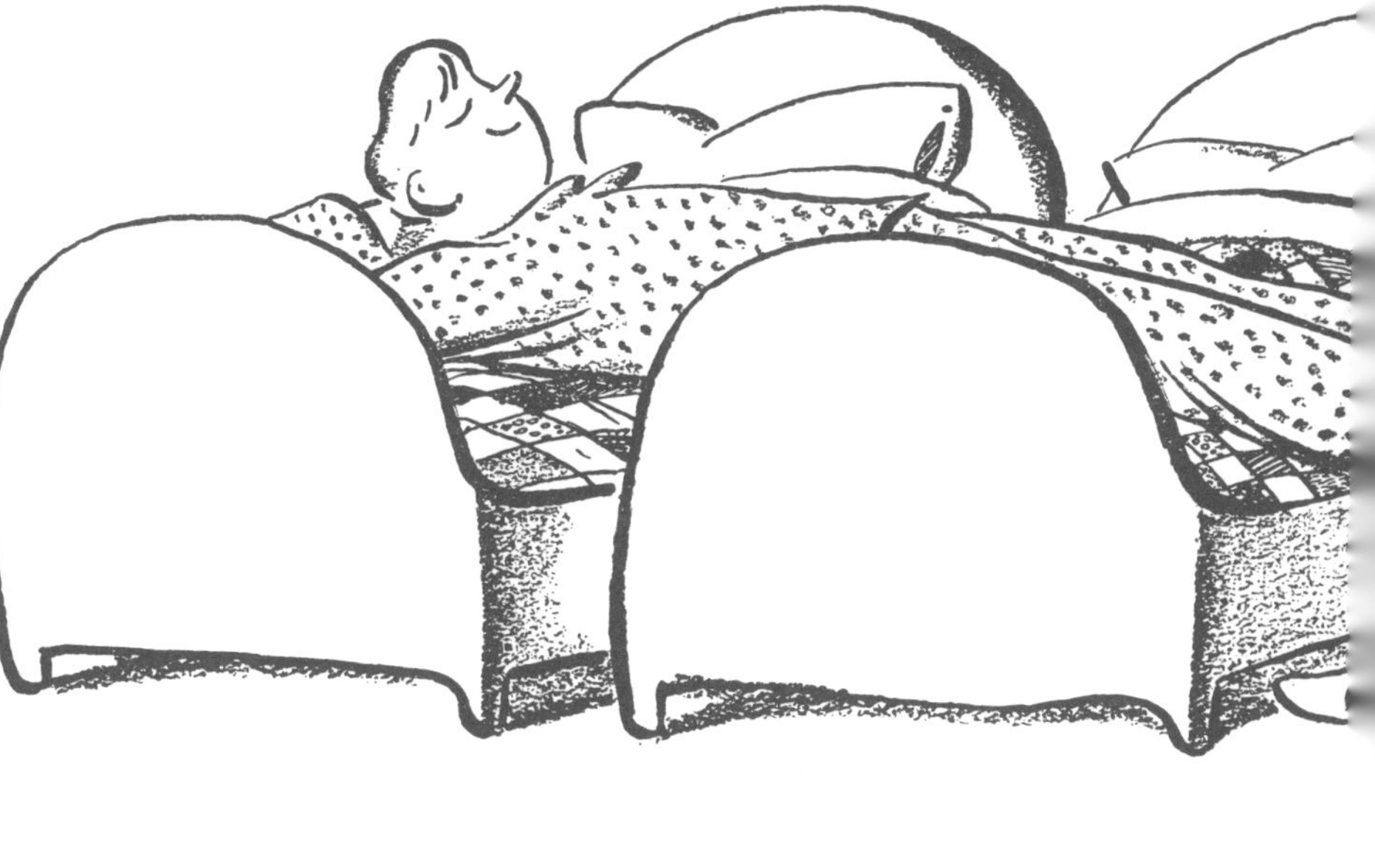

そして　ふたりの　ピーター《ぴーたー》は、
一《いっ》しゅうかんずつ、かわりばんこに、りょうほうの
いえで　くらしました。
なにもかも　うまく
いって、みんなは
しあわせでした。
でも、
だれよりも
しあわせだったのは、

〝なんでも
ふたつ〟さん
でした。
そっくり
おなじ
むすこが、ふたり
そろったんですものね。
ピーターは、なんでも
ふたつが　すきな　おとうさんの　くせを

やめさせられなかったので、
ちょっと　がっかりでした。
「でも、まあ　いいや。
これからは、パパ《ぱぱ》が　また、
なんでも　ふたつずつ
かって　きても、ひとつは、
もう　ひとりの
ピーター《ぴーたー》が
つかって

くれるだろうから――」
ところが、
そう　おもったのは
はやすぎました。
つぎの　日《ひ》、パパは
ふたりの　ピーターの
ために、あたらしい
ふくを　かって
きたからでした。

はこを　あけて　みると、ふくは　なんと

四《よん》ちゃく――

ひとりに
二《に》ちゃくずつ、
はいって　いました。

ピーター《ぴーたー》は、もう　おとうさんの　なんでも
ふたつずきの　くせを　やめさせるのを、
あきらめなければ　なりませんでした。
そんな　ことは、とても　できっこ　ない
ことが　わかったからでした。

（おわり）

この本は，もとの名を“Mr. 2 of Everything”といい，1946年の「ブック・ウィーク」(子ども読書週間）に，ニューヨークのカワード・マッカン社から発売されて，評判になったものです。

文を書いたM·S・クラッチ(M.S. Klutch）は寡作な作家ですが，この『“なんでもふたつ”さん』や『歩く帽子』(Walking Hat) にもっともよく見られるように，ユーモラスな発想と奇想天外な運びで知られています。

絵を描いたクルト・ビーゼ(Kurt Wiese）は，『シナの五人きょうだい』などで，日本でももうおなじみの挿絵画家ですが，これは彼が，いちばん精力的に仕事をした1940年代の収穫のひとつです。

（訳者）

訳者紹介

光吉夏弥　1904〜89年。佐賀生まれ。慶応義塾大学卒業。毎日新聞記者をへて，絵本・写真・バレエの研究・評論に活躍。ヘレン・バンナーマン「ちびくろ・さんぼ」をはじめ，エッチ・エイ・レイ「ひとまねこざる」，マンロー・リーフ「はなのすきなうし」，ドーリィ「キューリー夫人」等，児童書の翻訳多数。

Mr. 2 of Everything
Copyright © 1946 Text by M.S. Klutch
Illustrations by Kurt Wiese
Japanese rights arranged through
Japan UNI Agency, Inc.

新装版 ゆかいなゆかいなおはなし
なんでもふたつさん
2010年10月15日 第1刷発行
2017年2月10日 第4刷発行

作者●M・S・クラッチ
訳者●光吉夏弥
画家●クルト・ビーゼ
装幀●太田大八
発行者●藤川 広
発行所●大日本図書株式会社
〒112-0012 東京都文京区大塚3-11-6
電話 (03) 5940-8678 (編集), 8679 (販売)
〈受注センター〉 (048) 421-7812
振替 00190-2-219
印刷所●株式会社厚徳社
製本所●株式会社若林製本工場
装 幀●本永惠子,籾山真之

ISBN978-4-477-02084-6 NDC.933 64p 21×14.8cm
©N. Mitsuyoshi 2010 Printed in Japan
本書の一部あるいは全部を無断で複写複製することは、法律で認められた場合を除き著作権の侵害となります。